AF302955

GUÍA DE LECTURA

Escrita por Marie-Eve Furnémont
Traducida por Laura Bernal Martín

Latidos

de Franck Thilliez

FRANCK THILLIEZ

AUTOR PROLÍFICO Y GUIONISTA FRANCÉS

- **Nacido en 1973 en Annecy (Francia)**
- **Algunas de sus obras:**
  - *El ángel rojo* (2003), novela
  - *La Chambre des morts* (2005), novela
  - *El síndrome E* (2010), novela

Franck Thilliez nace en 1973 en Annecy y es ingeniero de formación, especializado en la informática. Este apasionado de los *thrillers* se sumerge en el mundo de la escritura en el año 2002, donde expresa su amor por las ciencias. Su primera novela, *El ángel rojo*, se publica en el 2003. En ella aparece el teniente Franck Sharko, que se convertirá en uno de sus personajes fetiche. La obra es muy bien acogida por el público y por la crítica.

En 2005, Franck Thilliez publica *La Chambre des morts*, una novela de suspense que no ha sido traducida al español y que Alfred Lot llevará a la gran pantalla en 2007. Es su segunda novela de éxito, galardonada con el premio de los lectores Quais du Polar 2006 y con el Premio SNCF a la mejor novela policíaca francesa al año siguiente. A la luz de este éxito, deja su trabajo de ingeniero para dedicarse plenamente a la escritura de novelas de suspense y de guiones de cine.

LATIDOS

UNA PALPITANTE NOVELA DE SUSPENSE CIENTÍFICA

- **Género**: novela
- **Edición de referencia**: Thilliez, Franck. 2017. *Latidos*. Traducido por Pablo Martín Sánchez. Barcelona: Planeta
- **Primera edición**: 2014
- **Temáticas**: tráfico de órganos, fascinación por el mal, dictadura franquista, dictadura argentina, fuerza del destino

Latidos, publicada en 2014, pone en escena la nueva investigación de la pareja de inspectores Franck Sharko y Lucie Henebelle, que coinciden por primera vez en *El síndrome E* en 2010. La novela ha sido galardonada con el premio francés Étoiles de *Le Parisien/Aujourd'hui en France* a la mejor novela policíaca del año 2014.

Camille, una joven policía, ha recibido hace no demasiado tiempo un trasplante de corazón. Desde entonces sufre pesadillas que no la dejan tranquila, por lo que comienza a investigar la identidad de su donante. En ese mismo momento, Sharko y Henebelle —que se ocupan de sus gemelos de dos meses— empiezan a investigar el misterioso descubrimiento de una mujer encerrada en un zulo situado bajo un árbol.

Las dos investigaciones se unen y llevan a los protagonistas tras las huellas de detestables traficantes de órganos por España y Argentina.

RESUMEN

CAMILLE

España, 1971. En plena dictadura franquista, Marina, una mujer no muy inteligente, da a luz a dos bebés que las religiosas que se ocupan de ella le robarán en el marco de un tráfico de niños internacional.

Villeneuve-d'Ascq, 2012. Camille Thibault, una joven policía de 32 años, ha recibido hace poco un trasplante de corazón. Pero siente que su carácter está cambiando —se vuelve maniática y empieza a fumar— y sufre siniestras pesadillas en las que una mujer (que cree que es su donante) está en peligro. En el mismo momento, la llaman para que acuda a una escena de crimen. El calor hace que sufra un desmayo, y su médico le dice que su trasplante no ha tenido éxito y que, si no recibe otro corazón, no sobrevivirá.

Entonces, la joven decide partir en busca de la persona a la que pertenece su corazón. Con la ayuda de su compañero de trabajo Boris Levak, que está secretamente enamorado de ella, pide que analicen una biopsia de su injerto y descubre que se corresponde con el ADN de un policía, Daniel Faisan, asesinado en el ejercicio de sus funciones. Acude al comisariado de Argenteuil donde trabajaba Daniel y constata que investigaba un asunto de robo con allanamiento de morada cuyas sospechosas eran chicas procedentes de Europa del Este. También se entera de que un fotógrafo, Mickaël Florès, ha venido a hacer preguntas sobre Faisan después de su muerte. Entonces, Camille decide quedar con él.

Cuando llega al domicilio de Florès, en Essone, Camille se da cuenta de que la casa está vacía y que ha sido devastada por una reciente tempestad. Entre las ruinas descubre el esqueleto de un niño en un féretro, además de fotografías que se lleva. En una de estas aparece Marina embarazada —Camille aún no sabe de quién se trata—, mientras que en otra aparece un hombre posando al lado de un coche implicado en los robos con allanamiento de morada que investigaba Faisan.

Con la ayuda de Boris, Camille encuentra al propietario del coche, un tal Dragomir Nikolic.

Va a su casa, lo neutraliza y registra el domicilio. Le interroga y descubre que Daniel Faisan le había propuesto comprar a las chicas a las que empleaba para los robos con el objetivo de participar en el tráfico de órganos. El policía solo deseaba chicas con un grupo sanguíneo poco común.

Boris le cuenta a Camille que Florès, cuya madre se había suicidado poco después de su nacimiento, fue asesinado en febrero, el mismo día que su padre. El inspector jefe Broca es el que realizó la investigación sobre el doble asesinato, y Camille acude a Étretat para reunirse con él. Broca le enseña el antiguo matadero en el que Florès padre fue asesinado. En la pared hay un curioso símbolo: tres círculos concéntricos.

FRANCK

En ese mismo momento, en la periferia parisina, Franck Sharko y Lucie Henebelle, dos miembros de la policía francesa, se ocupan de sus gemelos de dos meses. Sin embargo, Sharko debe volver a trabajar para investigar un turbio asunto: después de que una tempestad arrancara un árbol, han encontrado a una mujer en un zulo subterráneo. Parece que lleva ahí mucho tiempo, y está casi ciega y demasiado conmocionada como para hablar. En la parte inferior de su cuello tiene un tatuaje con una misteriosa serie de letras y cifras. La presencia de una cámara y de una cadena fijada al suelo revela que esta joven había sido grabada y atada. También se encuentra a su lado un almacén con provisiones. Las huellas digitales de esta joven la relacionan con la investigación de Faisan, que la había encerrado allí esperando entregarla a traficantes de órganos.

En los muros del escondite se encuentra una enigmática inscripción y el mismo dibujo que representa tres círculos concéntricos que ya había visto en el matadero, y que hace referencia a las distintas zonas del infierno. El zulo lleva hasta el jardín de una casa alquilada a nombre de Olivier Francolin, un hombre desaparecido misteriosamente. Franck descubre bajo el suelo de la casa un bote con uñas recortadas, dientes, pelos y dibujos mórbidos firmados por Pierre Foulon (un asesino en serie), un cuaderno de notas, las fotografías de doce mujeres y una grabación que describe abominables asesinatos.

Lucie también investiga, y descubre que los

tatuajes en el cuello de la joven indican su grupo sanguíneo, así como una fecha y una hora. También encuentra en las notas descubiertas en la casa de Francolin indicaciones geográficas. Se trataría de las horas, las fechas y los lugares de entrega de las mujeres secuestradas por Faisan a los traficantes de órganos.

Por su parte, Sharko conoce a Pierre Foulon en la cárcel, en la isla de Ré. El asesino en serie no le dice nada nuevo, más allá de que recibió la visita de Daniel Faisan. Entonces, Sharko se da cuenta de que Faisan y Francolin son la misma persona. Entonces, el comisario decide ir a casa de una mujer inscrita en el registro de la prisión como una de las visitantes regulares de Foulon, Lesly Beccaro, que le revela la existencia de un mercado de murderabilia (un acrónimo formado por la palabra latina «memorabilia», que significa «recuerdos», y por la palabra inglesa «murder», es decir, «asesinato»), que consiste en la venta de objetos o de partes del cuerpo de asesinos en serie. Le habla de un Mercado Prohibido, la Estigia, donde se realizan estas transacciones clandestinas.

Durante este tiempo, el equipo de Sharko dirigido

por Nicolas Bellanger, un treintañero totalmente entregado a su trabajo, acude a Argenteuil siguiendo las huellas de Faisan y descubre, gracias a una llamada de Broca, la existencia de Camille. Entonces, el equipo registra la casa de Florès y encuentra la fotografía de un argentino, el Bendito, en la que el hombre se lleva las manos al rostro haciendo el gesto de mirar a través de unos prismáticos invisibles.

El equipo también se entera de que el ordenador de Faisan estaba conectado a un ordenador del hospital de Orleans y descubre en un correo electrónico la existencia de dos nuevos sospechosos, Caronte y un tal C.

UN TRABAJO EN EQUIPO

Sharko, Bellanger y Henebelle descubren a Camille en el lugar señalado por Broca, y comparten sus descubrimientos. Entonces, Camille se da cuenta de que el Bendito está ciego, ya que las fotografías realizadas por Florès siempre muestran la mirada de los fotografiados, mientras que el argentino oculta sus ojos tras sus manos, haciendo el gesto de mirar por unos prismáticos invisibles.

Camille acude a Barcelona para conocer a Marina y descubre su triste historia. Nicolas Bellanger, que está enamorado de Camille, queda con ella y pasan la noche juntos. Camille y Nicolas se dan cuenta de que Florès es, en realidad, el hijo de Marina, y que sus padres adoptivos vinieron a buscarlo después de la muerte de su hijo biológico (el esqueleto encontrado en casa de Florès). Caronte, por su parte, es el segundo hijo de Marina. En cuanto a Sharko, vuela a Argentina para ver al Bendito. Allí descubre la existencia de un tráfico de córneas y de riñones durante la dictadura militar (1976-1983), del que el Bendito fue víctima. Florès también había puesto al descubierto este comercio ilegal, que continuó después en Kosovo durante la guerra (1998-1999) y que existe actualmente en Francia.

De vuelta a Francia, Camille decide entrar en la Estigia haciéndose pasar por Lesly Beccaro y desaparece. Loco de preocupación, Bellanger mueve cielo y tierra para descubrir quién es el misterioso C. En realidad, se trata de un técnico preparador en un laboratorio de anatomía que se mata cuando intenta escapar de la policía. El tiempo apremia: hay que encontrar a Camille, ya que se ha encontrado a un donante compatible para su trasplante de corazón.

Una serie de intercambios de correo encontrados en el ordenador del técnico de laboratorio revelan la existencia de una finca en la que Bellanger acaba encontrando a Camille, tumbada sobre una mesa de operaciones. La salva de las garras de Belgrano, alias Caronte, el hermano de Florès, adoptado por un dignatario de la dictadura argentina, y de Claudio Calderón, un oftalmólogo argentino, que iban a quitarle varios órganos. Belgrano asesina a Calderón para preservar la organización criminal y se suicida después de anunciar que este tráfico no es más que la punta de un iceberg. También confiesa haber matado a Florès y a su padre para proteger el mercado clandestino. Finalmente, Camille puede recibir su trasplante en el último momento.

ESTUDIO DE LOS PERSONAJES

CAMILLE THIBAULT

Camille, de 32 años, es una gendarme dotada de un gran talento y a la que le apasiona su trabajo. Su función consiste en encontrar pruebas en las escenas de crimen, pero la joven a veces va más allá, proponiendo hipótesis siempre altamente pertinentes para esclarecer los asesinatos, valiéndose de una «capacidad de observación fuera de lo común» (Thilliez 2017, cap. 2).

Está soltera y vive con su gato Brindille en el cuartel de Villeneuve-d'Ascq. Es hija única, ya que sus padres no quisieron tener más hijos en vista de que la primera había tenido graves problemas de salud.

Es muy alta y su figura podría calificarse de masculina. En cambio, su cara fina y severa y su nariz recta y cortante gustan mucho a los hombres. Su colega Boris, de hecho, se siente muy atraído por ella. Esta atracción parece recíproca, pero ninguno de los dos se decide a dar el primer paso. Su cuerpo, que parece fuerte, es sin embargo mucho más frágil de lo que parece. De hecho, la joven sufre una malformación cardiaca desde su nacimiento y pasó su infancia en los hospitales. Su adolescencia fue solitaria y estudiosa: Camille dedicó este periodo a informarse para entender su enfermedad y a leer para evadirse.

Camille es una luchadora, una superviviente, pero teme a la muerte y se automutila regularmente para vencer sus demonios. Su vida sentimental es desastrosa porque, debido a lo mucho que se avergüenza de su cuerpo y a sus numerosas cicatrices, le cuesta mucho entregarse. A pesar de todo, lleva una vida sana porque es consciente de que debe cuidarse bien.

El reciente injerto de corazón le ha cambiado literalmente la vida, y ha luchado para poder trabajar de nuevo a pie de calle a pesar de las reticencias de sus superiores. Pero el trasplante también ha tenido inesperadas consecuencias: a Camille le ha cambiado el carácter. Así, esta joven desordenada se ha convertido en una maniática y tiene ganas de fumar, a pesar de que antes nunca lo había hecho. Además, tiene pesadillas recurrentes en las que ve a una mujer encerrada y asustada que le pide ayuda.

Cuando se entera de que el trasplante no ha funcionado, Camille decide no respetar las reglas de su profesión y hacer todo lo posible para encontrar la identidad de la persona que le ha dado su corazón y entender así de dónde proceden los cambios que sufre y sus pesadillas. Nada le para en esta búsqueda, en la que se cruzará con Nicolas Bellanger, hombre del que se enamorará.

BORIS LEVAK

Boris Levak, de unos cuarenta años, es un oficial de la Policía Judicial en la sección de investigaciones y un compañero de Camille desde hace ocho años. Es fuerte, alto, tiene el cabello rubio rapado y es un gran deportista.

Está soltero desde hace mucho tiempo y está secretamente enamorado de Camille, pero su timidez le impide declararse. El descubrimiento del vínculo que existe entre la joven y Bellanger le hace mucho daño. Él, que hace todo lo posible por ayudar a Camille en su búsqueda, le reprocha a Bellanger el haber puesto en peligro la vida de la joven.

FRANCK SHARKO

Franck Sharko es un personaje recurrente en las novelas de Franck Thilliez. Era comisario, pero ha pedido que le bajen de rango y trabajar como teniente tras el secuestro de las hijas de su pareja, del que se siente responsable. Esto es lo que le lleva a querer volver a trabajar en el terreno y olvidar así este drama. Al principio de la novela, el teniente Sharko tiene cincuenta y un años y hace tan solo dos meses que, junto con su pareja Lucie Henebelle, ha sido padre de dos gemelos, Jules y Adrien.

Sharko es muy querido entre sus compañeros, y eso a pesar de que es tremendamente exigente consigo mismo y con los demás. Según Nicolas Bellanger, «es un tipo cojonudo» (Thilliez 2017, cap. 41). También es un hombre muy elegante, que siempre lleva corbata durante las investigaciones y que no soporta salir con los zapatos sucios.

Antes de conocer a Lucie, Sharko era un policía

solitario, desgarrado por la muerte de su hija Eloïse y de su mujer Suzanne en un accidente de tráfico. Aunque recupera la alegría de vivir junto a Lucie y sus hijos, se ha perdido la mejor parte de su juventud y ahora le tiene miedo a la muerte y a lo que le pueda pasar a sus seres queridos. Pero Lucie y Sharko se parecen, y son sobre todo sus «caracteres *borderline*» (Thilliez 2017, cap. 36), su impulsividad, lo que les acerca. El miedo que ambos le tienen al futuro y al peligro no les impedirá entregarse en cuerpo y alma a esta nueva investigación.

LUCIE HENEBELLE

Al igual que Franck Sharko, la policía Lucie Henebelle es un personaje que aparece en varias novelas de Franck Thilliez.

El pasado de la joven es muy oscuro, como el de su pareja. El narrador nos recuerda que sus hijas gemelas, Clara y Juliette, fueron secuestradas y murieron. Las niñas tendrían diez años en el momento en que se narra *Latidos*. Lucie ha construido una nueva familia con Sharko, y acaban de tener gemelos.

No obstante, aunque a Lucie le encanta desempeñar su papel de madre, se aburre mucho en casa y solo desea una cosa: volver al trabajo. En efecto, su instinto cazador no encaja con una vida de ama de casa y le cuesta mantenerse aparatada de las investigaciones que lleva a cabo su equipo. Lo cierto es que investiga por su parte y en secreto el caso de la joven encontrada en el zulo, antes de decidirse por retomar su trabajo antes de lo previsto. La que cuida de los gemelos durante la investigación es su madre, Marie Henebelle. Ambas tienen el mismo carácter, «pura lava en ebullición» (Thilliez 2017, cap. 42).

NICOLAS BELLANGER

Con solo 35 años, este inspector jefe del número 36, quai des Orfèvres (policía judicial de París) ya está agotado por su trabajo. Es el superior de Sharko, que se preocupa al verle entregarse hasta tal punto a su trabajo y que desea que conozca a una mujer para que tenga algo más en la vida. De hecho, Nicolas es un hombre solitario: su apartamento está vacío, sin personalidad, y no recibe muchas visitas. Sus compañeros de trabajo son su única familia.

Le apasionan los libros antiguos y la lectura en general, pasión que comparte con Camille. Cuando conoce a esta joven, su rutina cambia por completo. Se enamora de ella en cuanto la ve, y mueve cielo y tierra para encontrarla cuando desaparece, llegando incluso a valerse de métodos controvertidos (no hace una petición a la comisión rogatoria para entrar en la finca en la que la joven está retenida y emplea la amenaza para que los sospechosos hablen) y corriendo así el riesgo de poner en peligro su carrera.

Físicamente, Nicolas Bellanger se caracteriza por «[ser] muy apuesto» (Thilliez 2017, cap. 11). Además, es elegante y viste a la moda.

DANIEL FAISAN/OLIVIER FRANCOLIN

Daniel Faisan es un policía corrupto que muere en el ejercicio de sus funciones a los treinta y un años. Trabajaba en la comisaría de Argenteuil, en las afueras de París. Tras su muerte, Camille recibe su corazón intacto. Faisan es un hombre solitario y sin familia cercana. Se le describe como un hombre «bajito, moreno, de pelo corto, algo enclenque no demasiado guapo, pero con una gran presencia» (Thilliez 2017, cap. 19). Es bastante maniático, meticuloso y prudente, y le transmite estas características a Camille a través del trasplante de corazón.

Antes de morir, les anunció a sus compañeros que quería cambiar de vida. Más adelante, el lector comprende que, en realidad, contaba con dejar de trabajar gracias al dinero ganado con el secuestro y la venta de chicas del Este. En efecto, atraído por el mal, el policía acaba por ponerse del bando de los delincuentes tras conocer a Caronte. Entonces, bajo la identidad falsa de Olivier Francolin, alquila una casa que se conecta con un escondite en el que secuestra a jóvenes antes de entregárselas a traficantes de órganos.

CLAVES DE LECTURA

UN DESCENSO A LOS INFIERNOS

En la novela se hacen numerosas referencias al infierno y al diablo, y es que los horrores que viven las jóvenes mujeres secuestradas son tales que podemos imaginar que han sufrido el infierno en la Tierra. Estas evocaciones permiten subrayar la barbarie de sus verdugos, que no solo reivindican su derecho a torturar y matar, sino que también buscan rivalizar en el horror.

Estas referencias al infierno y al diablo aparecen sobre todo en algunas citas. Ya se marca el tono del relato al principio del mismo, con el proverbio favorito de Camille: «El diablo se esconde en los detalles» (Thilliez 2017, cap. 2). Más tarde el vigilante del club secreto en el que se realiza el mercado del murderabilia cita otra máxima, afirmando que el infierno «está hecho para los curiosos» (Thilliez 2017, 52). Después el narrador recupera las palabras de Arthur Rimbaud (poeta francés, 1854-1891): «Me creo en el infierno, luego estoy en él» (Rimbaud 2014, citado en Thilliez

2017, cap. 54).

En el texto también aparecen los campos léxicos del infierno y del diablo. Se utilizan con regularidad distintos sustantivos, adjetivos y expresiones que remiten a estas nociones. Por ejemplo: «diabólica» (Thilliez 2017, cap. 34), «demonio» (Thilliez 2017, cap. 3), «demoníaca» (Thilliez 2017, cap. 52), «un antro maléfico» (*ib.*), «las entrañas de la Tierra» (Thilliez 2017, cap. 54), etc. Marina, por su parte, ha creído ver al «diablo» (Thilliez 2017, cap. 43) cuando ve a su hijo Belgrano, conocido como Caronte. No deja de repetir estas palabras. Durante su encuentro, Belgrano le cuenta a Marina con placer las atrocidades que ha cometido en Argentina.

También son múltiples las referencias culturales al imperio de las tinieblas. Por ejemplo, el rostro de la joven cautiva a la que se encuentra bajo tierra recuerda al de una actriz de la película *Posesión infernal* (película de terror de Sam Raini, 1981), que desempeñaba el papel de una mujer poseída por el diablo. A continuación, el símbolo con el que se reconocen los traficantes —tres círculos concéntricos— es una alusión directa al «Infierno», la primera parte del largo poema de

Dante Alighieri (poeta italiano, 1265-1321), *Divina Comedia* (siglo XIV). Para Dante, el infierno está formado por nueve círculos que descienden en espiral hasta el centro de la Tierra. Cuanto más bajamos, más graves son los pecados cometidos por los habitantes del infierno. Belgrano, Calderón y C. están convencidos de que se sitúan en los últimos círculos y se sienten muy orgullosos de ello. Además, la cuestión de saber quién está más cerca del primer círculo provoca una especie de competición entre ellos. Así, intentan agradarle a quien Belgrano llama «Hombre de negro» (Thilliez 2017, cap. 32), un personaje del que el lector no sabe nada. Podríamos imaginar que su historia se tratará en uno de los próximos episodios de la saga.

La retórica que emplean los traficantes para comunicarse entre ellos la toman prestada de la mitología griega.

• Para los antiguos griegos, los infiernos eran el reino de los muertos, dirigido por el dios Hades. Este reino estaba separado del mundo de los vivos por la laguna Estigia. Por tanto, los traficantes lo toman como referencia para nombrar al lugar subterráneo en el que quedan para intercambiar objetos que pertenecieron a asesinos en serie.

- La persona que vigila la entrada a este particular club se apoda Érebo, nombre que en la Antigüedad se refería una divinidad que personificaba las tinieblas del infierno.
- La hermana de esta divinidad se llamaba Nyx, la diosa de la noche, cuyo nombre es la contraseña de los criminales para entrar en la Estigia.
- Al jefe de los traficantes le llaman Caronte, como el anciano que permite cruzar la Estigia en la leyenda griega.
- Finalmente, para los griegos de la Antigüedad, los infiernos se encontraban bajo tierra, y también bajo la superficie terrestre se encuentra la Estigia, más en concreto, en las catacumbas de París. Además, también se esconde bajo tierra a las mujeres a las que se secuestra para utilizarlas en el tráfico de órganos.

POESÍA EN MEDIO DEL INFIERNO

Solo la naturaleza parece escapar de este oscuro velo que envuelve toda la novela. En esta tétrica historia, las descripciones (muy poéticas) arrojan un poco de luz. A través de las mismas, parece que Franck Thilliez hubiera querido ofrecer un oasis a sus lectores y a sus personajes para sacarlos durante algunos minutos del horror en el que están sumidos. La belleza de los paisajes llega incluso a calificarse de «divina» (Thilliez 2017, cap. 37), lo que parece oponerse a los actos diabólicos cometidos por los hombres. El autor recurre a diferentes figuras estilísticas para enriquecer sus descripciones. Algunos ejemplos:

- la comparación. «El sol que relucía en último plano parecía un enorme ojo de gato intrigado» (Thilliez 2017, cap. 2); Buenos Aires es una ciudad «llana como una crepe» (Thilliez 2017, cap. 47); la pampa se extiende «como un gran tapiz de fuego, de rubí, de clorofila» (Thilliez 2017, cap. 57), etc.
- la metáfora. «El pequeño arquitecto encargado del buen desarrollo del embarazo no había seguido el plan al pie de la letra» (Thilliez 2017, cap. 6); los carriles bici recorren la isla de Ré como una «red de venas» (Thilliez 2017, cap. 27) y la isla a veces se ve invadida por «algas cargadas de historias oceánicas» (*ib.*); por encima de la Mancha, un frente negro da la impresión de ser «una enorme mandíbula

tragándoselo todo a su paso» (Thilliez 2017, cap. 34); la costa española es un «ramillete de colores que te explotaba en la cara» (Thilliez 2017, cap. 45), etc.;
- la personificación. «La lluvia azotaba, fustigaba, apresaba el paisaje tras la ventana» (Thilliez 2017, cap. 36).

LA IMPORTANCIA DE LAS MIRADAS

El tema de los ojos y de la mirada es recurrente en *Latidos*. Las miradas revelan muy bien la personalidad de los protagonistas. ¿Acaso no se suele decir que los ojos son el espejo del alma? Por consiguiente, privar a alguien de la vista es un castigo especialmente grave, lo que demuestra de nuevo la crueldad de los traficantes de órganos. La mujer a la que encuentran bajo tierra está casi ciega debido a que no ha visto la luz durante demasiado tiempo.

También recuperamos este interés por la mirada en el trabajo del fotógrafo Mickaël. Su obra, en efecto, está marcada por esta temática, y todos sus retratos muestran la mirada de la persona fotografiada. Solo el Bendito no enseña sus ojos, ya que se pone las manos en la cara haciendo como si tuviera unos prismáticos imaginarios. De hecho, gracias a esto Camille cae en la cuenta de que el Bendito es ciego.

A partir de este descubrimiento, la investigación puede retomarse: Sharko acude a una institución para ciegos de Argentina para conocerlo y descubre la existencia en este mismo país de un tráfico de córneas. A Mickaël Florès le extirpan los ojos cuando le asesinan, y el culpable los pone sobre su cama. Por su parte, Claudio Calderón es un oftalmólogo reputado al que contactan los traficantes para que pueda ayudarlos a extraer córneas.

Como el propio fotógrafo dice en su blog: «Los ojos no mienten» (Thilliez 2017, cap. 22). Además, las miradas de los personajes a menudo revelan sus sentimientos:

- cuando Sharko está enfadado con Lucie, el narrador nos informa de que «los ojos de Sharko se habían convertido en cañones de escopeta» (Thilliez 2017, cap. 25);
- durante su comida en Barcelona, Camille mira a Nicolas «con intensidad» (Thilliez 2017, cap. 46), lo que dice mucho sobre lo que siente por

él. Este, cuando evoca su pasado durante esa misma velada, se muestra súbitamente ausente («Su mirada se perdió durante un buen rato» (Thilliez 2017, cap. 46)), ya que le cuesta hablar sobre ese periodo de su vida;

- las pupilas que se dilatan o los ojos que se abren de par en par demuestran la sorpresa o el miedo de la persona en cuestión: «El teniente se dirigió a la recepción y, cuando pronunció las palabras "policía francesa", vio cómo el hombre que lo atendía abría los ojos como platos» (Thilliez 2017, cap. 47);
- Sharko se fija en los ojos de Florencia, una mujer que ayudó al Bendito. Son «de un azul extraordinario» (Thilliez 2017, cap. 59), y Sharko puede leer «temor en sus ojos» (*ib.*);
- los ojos de Belgrano exploran a Nicolas Bellanger y este último puede ver en ellos «una especie de latido, algo indefinible» (Thilliez 2017, cap. 79).

PISTAS PARA LA REFLEXIÓN

ALGUNAS PREGUNTAS PARA PROFUNDIZAR EN SU REFLEXIÓN

- ¿Qué aspectos de la historia pertenecen al ámbito de lo fantástico y cuáles al del realismo?
- ¿Qué referencias a la mitología griega encuentra en la novela?
- Compare a Camille y a Lucie. ¿Qué puntos en común y qué diferencias encuentra entre ambas?
- ¿De qué manera la relación con el tiempo que pasa rige el día a día de Camille?
- ¿Conoce otras historias que traten sobre un trasplante de corazón? ¿Cómo presentan la relación entre donante y receptor?
- El proverbio favorito de Camille es «El diablo se esconde en los detalles» (Thilliez 2017, cap. 2). ¿Cómo puede aplicarse este proverbio a la novela?
- ¿Qué evolución de la medicina presenta la novela? ¿Esta evolución se muestra como

positiva?

- Extraiga de *Latidos* referencias a otras obras literarias. ¿De qué manera arrojan luz sobre los personajes de la novela?
- ¿Qué alusiones a otras formas artísticas distintas a la literatura podemos encontrar en la novela?
- ¿En qué sentido a Franck Thilliez le ha podido ser útil su formación científica a la hora de construir la trama de *Latidos*?

¡Su opinión nos interesa!
¡Deje un comentario en la página web de su
librería en línea,
y comparta sus favoritos en las redes sociales!

PARA IR MÁS ALLÁ

EDICIÓN DE REFERENCIA

- Thilliez, Franck. 2017. *Latidos*. Traducido por Pablo Martín Sánchez. Barcelona: Planeta.

ESTUDIOS DE REFERENCIA

- Fleuve Editions, "Franck Thilliez". Consultado el 13 de octubre de 2017. http://www.fleuve-editions.fr/livres-romans/auteurs/franck-thilliez/

- Gandon, Odile. 1992. *Dictionnaire de la mythologie*. París: Le Livre de Poche.

- Página web oficial de Franck Thilliez. Consultada el 13 de octubre de 2017. http://www.fleuve-editions.fr/site/le_site_officiel_de_franck_thilliez_&3000&40751.html

- Paquot, M. 2014. "Franck Thilliez, encore et 'Angor'". *L'Avenir*. 11 de octubre.

- Rimbaud, Arthur. 2014. *Una temporada en el infierno*. s. l.: e-artnow. E-book en PDF.

ResumenExpress.com

Muchas más guías para descubrir tu pasión por la literatura

www.resumenexpress.com